STAR WARS®

L'EMPIRE DES TÉNÈBRES

TOME I

STAR WARS®

L'EMPIRE DES TÉNÈBRES

Tom Veitch & Cam Kennedy

Traduction française de Marc Winckler

DARK HORSE FRANCE

STAR WARS®

L'EMPIRE DES TÉNÈBRES

Scénario :
TOM VEITCH

Dessin et couleurs :
CAM KENNEDY

Editeur de la version originale :
BARBARA KESEL

Lettrage
ARBORIS

DARK HORSE FRANCE
Jean-Martial Lefranc : Editeur de l'édition française
Eric Simon : Responsable éditorial
Marc Winckler : Traduction française

STAR WARS®, L'Empire des Ténèbres
***est publié par* Dark Horse France,**
24 Rue Marc Séguin, F-75018 Paris, France.

Star Wars: L'Empire des Ténèbres

Après la mort de Darth Vader et de l'Empereur, et la destruction de la seconde Etoile de la Mort, l'Alliance Rebelle proclama une Nouvelle République dans la galaxie.

Mais sans les milliers de Chevaliers Jedi qui soutenaient l'Ancienne République, la nouvelle confédération demeurait vulnérable. De longues années de lutte s'ensuivirent, pendant lesquelles les factions impériales consolidèrent leur contrôle sur un quart de la galaxie. Des systèmes stellaires entiers devinrent des forteresses, hérissées de puissants armements.

Puis, cinq ans après la bataille d'Endor, l'infâme Grand Amiral Thrawn conduisit une habile offensive contre la jeune République et faillit la vaincre. Finalement, Thrawn fut vaincu. Mais dans les jours qui suivirent sa défaite, les membres survivants du Cercle du Pouvoir de l'Empereur, auxquels s'étaient ralliés six anciens commandants de Flotte Stellaire, menèrent une violente contre-attaque sur Coruscant, et ce système vital revint sous la domination de l'Empire.

Il parut clair qu'un Nouvel Empire allait émerger des cendres de l'Ancien. Cette possibilité déclencha une guerre féroce parmi les nombreuses factions impériales. *Qui* monterait sur le trône impérial ? Qui en avait le droit... et la *puissance* ?

Pendant ce temps, les Rebelles saisirent l'occasion pour semer la confusion parmi les prétendants à l'aide des destroyers stellaires pris à l'ennemi.

Un de ces raids, organisé au-dessus de la Cité Impériale où les combats faisaient rage, était commandé par Luke Skywalker et Lando Calrissian. Mais leur destroyer, le *Liberator* dut atterrir en catastrophe à la surface de la planète.

Au moment où notre histoire commence, la princesse Leia Organa et son époux Han Solo, accompagnés du Wookie Chewbacca et du droïde protocolaire C3PO, partent vaillamment au secours de leurs amis en difficulté.

HAN -- L'ORDINATEUR DE BORD SIGNALE D'IMPORTANTES TURBULENCES AU POINT DE RÉENTRÉE.
CE SONT DES ÉPAVES, LEIA ! TOUT LE SECTEUR IMPÉRIAL EN EST TRUFFÉ.
PRÉVIENS LES AUTRES VAISSEAUX, CHEWIE ! ET PRÉPAREZ-VOUS À SORTIR DE L'HYPERESPACE !
MONSIEUR, LES RISQUES DE COLLISION AVEC DES DÉBRIS SONT DE 3722 CONTRE UN... SI JE PEUX ME PERMETTRE...
CHEWIE, SURVEILLE LES RÉACTEURS...
NRAWWWWUN !
ET FAIS-MOI PENSER À DÉCONNECTER LE SYNTHÉTISEUR VOCAL DE CETTE BOÎTE DE CONSERVE QUAND ON SERA RENTRÉS.
MAIS, MONSIEUR, SI VOUS LE PER--
C3PO, ASSIS !
CINQ SECONDES AVANT RÉENTRÉE !
EPAVES SPATIALES DROIT DEVANT ! A DROITE TOUTE !

EQUIPÉ DE PUISSANTS MOTEURS IONIQUES DERNIER CRI, LE MILLENIUM FALCON SORT DE L'HYPERESPACE AU MILIEU DES DÉBRIS D'UNE IMMENSE BATAILLE !
NWARRAAR !

DES FRÉGATES D'ESCORTE DE L'ALLIANCE, LA REBEL STAR ET ANTARES SIX SUIVENT DE PRÈS LE FALCON...
ANTARES SIX SE FRAIE UN CHEMIN À TRAVERS LES ÉPAVES... MAIS REBEL STAR N'A PAS CETTE CHANCE !
LA FRÉGATE DU CAPITAINE NEVA EST TOUCHÉE ! IL NE RESTE QU'ANTARES SIX POUR NOUS AIDER À RETROUVER LUKE ET LANDO.
OUAIS. SUPER. LUKE S'ÉCRASE DANS UN DESTROYER CAPTURÉ... ET NOUS VENONS DE PERDRE TOUT L'ÉQUIPAGE D'UNE FRÉGATE...
JE PERSISTE À PENSER QUE NOUS AURIONS DÛ RESTER CHEZ NOUS...

... D'AILLEURS, LUKE ET LANDO N'ONT PAS BESOIN DE NOUS ! SI JE LES CONNAIS BIEN, EN CE MOMENT, ILS FONT DANSER LA JAVA GAMORRÉENNE AUX IMPÉRIAUX !
MAIS HAN, NOUS AVONS PERDU LE CONTACT. LEUR SONDE DE DÉTRESSE S'EST ÉTEINTE À L'ARRIVÉE AU SOL.
HNAWWWRUUNNH !!
OUI, CHEWIE... TU AS RAISON. J'AURAIS DÛ ME LA BOUCLER.
SOLO À ANTARES SIX... MAINTENEZ-VOUS EN ORBITE. NOUS DESCENDONS CHERCHER LE COMMANDANT SKYWALKER ET LE GÉNÉRAL CALRISSIAN !
NYEB MLU, SOLO...
TSUN KNETTO, EIHCRA NIWDOOG, BNEF NLLE !

QU'EST-CE QU'IL A DIT ?
IL A DIT " BIEN COMPRIS, GÉNÉRAL SOLO. NOUS VOUS GARDONS EN VUE SUR NOS ÉCRANS. BONNE CHANCE !"
AH, BON...
TANDIS QUE LE MILLENIUM FALCON ENTRE DANS LE CHAMP GRAVITATIONNEL DE CE QUI FUT JADIS LA GLORIEUSE PLANÈTE IMPÉRIALE, UNE NUÉE DE CHASSEURS TRAVERSE LE CIEL.
DES CHASSEURS IMPÉRIAUX ! ILS NOUS DOUBLENT SANS MÊME NOUS DIRE BONJOUR !
ILS DOIVENT AVOIR QUELQUE CHOSE EN TÊTE !

ILS SE DIRIGENT DROIT VERS LA CITÉ IMPÉRIALE...
LÀ OÙ L'EMPEREUR ENFILAIT SES PANTOUFLES... QUAND IL ÉTAIT VIVANT !
HNAWWWRUUNNH ! !
D'APRÈS LES DERNIÈRES COORDONNÉE DE LUKE, TU ES SUR LA BONNE ROUTE, HAN...
ON DIRAIT BIEN, MA CHÉRIE.
A VOIR TOUTE CETTE FUMÉE, JE DIRAIS QUE CE VIEUX LUKE S'EST CRASHÉ AU BEAU MILIEU DE LA BAGARRE !
LE PAUVRE R2D2 EST AVEC EUX ! S'IL LUI ARRIVAIT QUELQUE CHOSE, JE NE ME LE PARDONNERAIS JAMAIS !

LA GUERRE CIVILE FAIT RAGE. LES DISSIDENTS IMPÉRIAUX COMBATTENT PIED À PIED LES LOYALISTES POUR LA CONQUÊTE D'UNE PLANÈTE JADIS MAÎTRESSE DE LA GALAXIE !

REGARDEZ-MOI CE CARNAGE !
S'ILS POUVAIENT SE DÉTRUIRE MUTUELLEMENT, ÇA NOUS FERAIT DES VACANCES !
LE SIGNAL DE LUKE PROVENAIT DU CENTRE DE LA VILLE, PRÈS DU VIEUX PALAIS IMPÉRIAL.
J'APERÇOIS LE LIBERATOR. HAM... OU CE QU'IL EN RESTE.

AVEC DEXTÉRITÉ, SOLO GUIDE LE FALCON À TRAVERS LE CHAOS, FONÇANT VERS L'ENDROIT OÙ SES AMIS LUTTENT POUR SAUVER LEURS VIES.
ILS SONT COINCÉS PAR DES TÉTRAPODES IMPÉRIAUX !
CHEWIE, PRENDS LES COMMANDES !...
TU VAS VOIR EN ACTION LE PLUS FAMEUX COUPLE DE MITRAILLEURS DE LA GALAXIE !
J'ESPÈRE... C'EST LA DEUXIÈME FOIS SEULEMENT QUE JE MANIE UN DE CES MACHINS...

EN SAISISSANT LES MANETTES DU CANON-LASER, LEIA SE SOUVIENT DES CONSEIL DE SON MAÎTRE... ELLE LAISSE SON ESPRIT S'EMPLIR DU CHAMP D'ÉNERGIE VITALE QUI UNIT LA GALAXIE...
LUKE A RAISON...
JE PEUX SENTIR LA FORCE VENIR EN MOI... ELLE GUIDE MES MAINS DANS CES GESTES DE MORT !
LEIA ORGANA, ÉPOUSE DE HAN SOLO, DÉJÀ MÈRE DE DEUX ENFANTS, EST AVANT TOUT UN GUERRIER JEDI !
DANS LE MILLE !

LANDO CALRISSIAN, WEDGE ANTILLES ET LES REBELLES DU LIBERATOR SALUENT DE LEURS VIVATS L'ARRIVÉE DU MILLENIUM FALCON.

OH, R2, C'EST SI BON DE TE VOIR EN UN SEUL MORCEAU !
BRRT... BIP-BIP. WUiiiT !
QU'EST-CE QUI VOUS A RETENUS, UNE SECONDE LUNE DE MIEL ?
ÇA FAIT UN BAIL QU'ON EST COINCÉS ICI.
LANDO ! OÙ EST LUKE ?

IL A DISPARU JUSTE APRÈS NOTRE ATERRISSAGE... IL A DIT QUE LE " CÔTÉ OBSCUR " DE LA FORCE ÉTAIT ENCORE TRÈS PUISSANT DANS CE SECTEUR.
MAIS POUR L'HEURE, CE QUI ME PRÉOCCUPE, CE SONT SURTONT LES PILLARDS ET LES RENÉGATS QUI PULLULENT DANS LES RUINES.

TOUS LES VAUTOURS DE LA GALAXIE SONT VENUS SE JETER COMME DES MOUCHES SUR CES RUINES.
CES GARS-LÀ ONT DES DROÏDS DE GUERRE SURÉQUIPÉS. ILS ONT CRÉÉ LEUR PROPRE ARMÉE.
ATTENTION ! ILS LANCENT UNE OFFENSIVE !
LORSQU'UNE SOCIÉTÉ, MÊME INJUSTE, S'ÉCROULE, LES PILLARDS ET LES VOLEURS EN PROFITENT TOUJOURS.
AH, BRAVO ! ILS SE SONT PLACÉS ENTRE LE FAUCON ET NOUS !
PENDANT QUE LES DROÏDS NOUS ARROSENT, LES CHACALS SORTENT LEURS OUTILS !

HNAWWWRUUNNH ! !
BAS LES PATTES DE MON VAISSEAU, POURRITURE !
HAN ! TU ES FOU !
VIENS, CHEWIE !
ATTENTION, YAN... ILS ONT LÂCHÉ LES NEKS !
LES NEKS - LES CHIENS DE GUERRE CYBORRÉENS. GARDÉS PAR LES CHACALS DANS L'ATTENTE D'UN MOMENT COMME CELUI-CI !
VOYANT HAN MENACÉ PAR LES NEKS, LEIA RENGAINE SON ARME ET RECOURT À LA FORCE POUR SEMER LA CONFUSION DANS L'ESPRIT DE CES CRÉATURES PRIMITIVES.
LUKE M'A APPRIS CE TRUC-LÀ. C'EST PLUS RAPIDE QU'UN LASER, ET BIEN MOINS SALISSANT !
J'SAIS PAS, CHÉRIE, JE CROIS QUE JE PRÉFÈRE LES LASERS.
COMME ÇA, JE SUIS SÛR QU'ILS ME MORDRONT PAS LES MOLLETS QUAND JE LEUR TOURNERAI LE DOS.

BRUSQUEMENT, UN BRUIT TERRIBLE EMPLIT LES AIRS.
RRROOOARRR
ET LES CHIENS DE GUERRE SONT REJETÉS EN HURLANT DANS TOUTES LES DIRECTIONS.
WOW, LEIA... EXCUSE-MOI ! JE NE SAVAIS PAS QUE TU POUVAIS...
CE N'ÉTAIT PAS MOI, HAN... REGARDE !
UNE SILHOUETTE FAMILIÈRE ET MENAÇANTE ÉMERGE DES RUINES DU PALAIS IMPÉRIAL...
LA SILHOUETTE FAIT UN GESTE... UN SIMPLE GESTE... LE GESTE D'UN JEDI...
UN GESTE QUI DÉTRAQUE, IMPERCEPTIBLEMENT, LA MÉCANIQUE INTERNE DES DROÏDS ARMÉS.

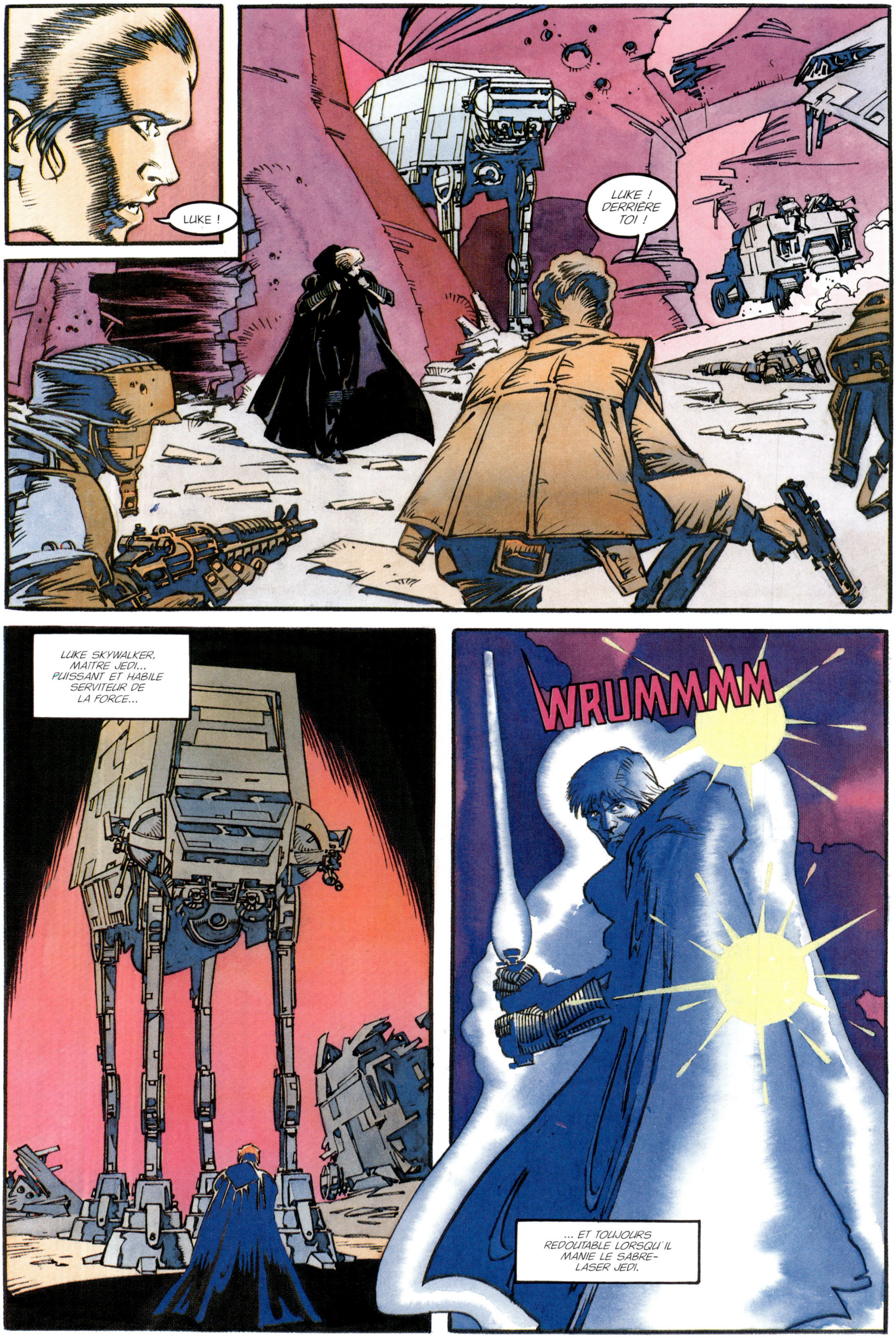
LUKE !
LUKE ! DERRIÈRE TOI !
LUKE SKYWALKER, MAÎTRE JEDI... PUISSANT ET HABILE SERVITEUR DE LA FORCE...
WRUMMMM
... ET TOUJOURS REDOUTABLE LORSQU'IL MANIE LE SABRE-LASER JEDI.

FRAPPÉ PAR SON PROPRE RAYON MORTEL, L'ÉNORME MACHINE DE GUERRE HÉSITE DEVANT SON ADVERSAIRE HUMAIN, COMME SI ELLE ATTENDAIT LA PROCHAINE ATTAQUE...
SE SOUVENANT DES MOTS DE SON MAÎTRE, LUKE LANCE LA FORCE CONTRE LE TÉTRAPODE ENDOMMAGÉ.
LA TAILLE N'A PAS D'IMPORTANCE. LA DIFFÉRENCE N'EXISTE QUE DANS TON ESPRIT.

LE TÉTRAPODE S'EFFONDRE.

ENFIN... LE FRÈRE ET LA SOEUR SON RÉUNIS, AINSI QUE LES AMIS COMBATTANT POUR LA LIBERTÉ.
WHRR-TIK. BII-BOOP !
OUI, R2, QUEL MOMENT ÉMOUVANT.
MON MODULE D'EMPATHIE PROTO-COLAIRE COMMENCE À SURCHAUFFER.

MAIS IL Y A DANS LES YEUX DE LUKE UNE LUEUR QUE SA SOEUR N'A JAMAIS VUE...
LUKE... QU'Y A-T-IL ?
J'AI TROUVÉ D'ÉTRANGES INDICES DANS LE PALAIS. JE DOIS RESTER ICI, LEIA...
MAIS TOI... ET HAN... CHEWIE... LANDO... VOUS DEVEZ QUITTER CE LIEU IMMÉDIATEMENT !
TU DÉRAILLES ? NOUS AVONS FAIT UN MILLION D'ANNÉES-LUMIÈRE POUR TE SORTIR DE LÀ, ET TU VEUX RESTER ?
HAN... TU NE COMPRENDS PAS... LA FORCE EST TRÈS PERTURBÉE... QUELQU'UN... OU QUELQUE CHOSE UTILISE LE CÔTÉ OBSCUR AVEC UNE PUISSANCE INCROYABLE !
JE L'AI SENTI... JE L'AI VU...
MAIS NOUS NE POUVONS PLUS TE LAISSER À PRÉSENT. JE NE TE LAISSERAI PAS AFFRONTER... QUOI QUE CELA PUISSE ÊTRE... TOUT SEUL.
QUELLE QUE SOIT CETTE CHOSE, NOUS SERONS À TES CÔTÉS, MON GARS ! LASERS AU POING !
HAN, IL NE S'AGIT PAS D'UN DUEL AU PISTO-LASER ! LE MAL APPROCHE... IL SAIT QUE JE SUIS ICI.
CE QUI VA ARRIVER EST INÉVITABLE... C'EST MA DESTINÉE.
ET CELA VIENT DE COMMENCER, MAINTENANT, QUELQUE PART...

CELA VIENT DE L'HYPERESPACE...
TSEB NLLEL WNUB !

A BORD DE L'ANTARES SIX, LE CAPITAINE SNUNB ET SON ÉQUIPAGE ASSISTENT À UN SPECTACLE INQUIÉTANT...
UN PASSAGE VIENT DE S'OUVRIR DANS L'HYPERESPACE... ET UN PUISSANT ORAGE D'ÉNERGIE EN SURGIT !

DANS LA FUREUR ET LE CHAOS, L'ORAGE BALAIE LA SURFACE DE LA PLANÈTE !
IL SERA BIENTÔT SUR NOUS ! IL NE VOUS SERVIRA À RIEN DE MOURIR VOUS AUSSI.
CE N'EST PAS À VOUS QU'IL EN VEUT, C'EST À MOI !
PARTEZ ! TOUS ! SINON VOUS SEREZ DÉTRUITS !

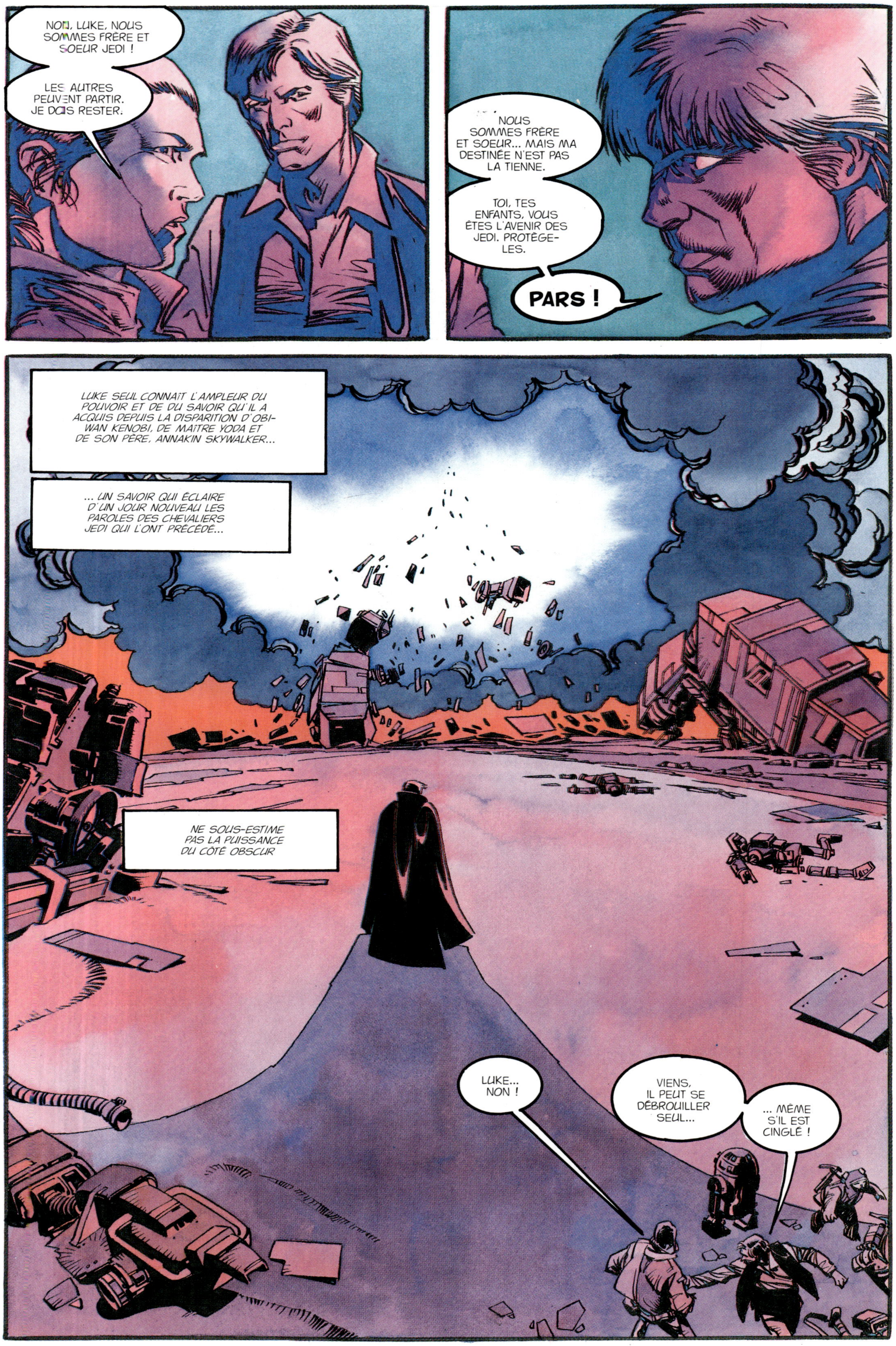
NON, LUKE, NOUS SOMMES FRÈRE ET SOEUR JEDI !
LES AUTRES PEUVENT PARTIR. JE DOIS RESTER.
NOUS SOMMES FRÈRE ET SOEUR... MAIS MA DESTINÉE N'EST PAS LA TIENNE.
TOI, TES ENFANTS, VOUS ÊTES L'AVENIR DES JEDI. PROTÈGE-LES.
PARS !
LUKE SEUL CONNAÎT L'AMPLEUR DU POUVOIR ET DE DU SAVOIR QU'IL A ACQUIS DEPUIS LA DISPARITION D'OBI-WAN KENOBI, DE MAÎTRE YODA ET DE SON PÈRE, ANNAKIN SKYWALKER...
... UN SAVOIR QUI ÉCLAIRE D'UN JOUR NOUVEAU LES PAROLES DES CHEVALIERS JEDI QUI L'ONT PRÉCÉDÉ...
NE SOUS-ESTIME PAS LA PUISSANCE DU COTÉ OBSCUR
LUKE... NON !
VIENS, IL PEUT SE DÉBROUILLER SEUL...
... MÊME S'IL EST CINGLÉ !

R2 ! OH NON ! IL PENSE QU'IL DOIT RESTER AVEC MAÎTRE LUKE !
ARRÊTEZ-LE, JE VOUS EN PRIE !
PAS LE TEMPS. LUKE DEVRA SAUVER R2... EN MÊME TEMPS QU'IL SE SAUVERA LUI-MÊME.
GRIMPE À BORD, C3PO !
LUKE SEUL SAIT QUE SA SIMPLE PRÉSENCE SUR CE MONDE A DÉCLENCHÉ UNE RÉACTION DE HAINE SI VIOLENTE QU'ELLE DÉCHIRE LA TRAME DE L'ESPACE !

TROUBLÉS PAR L'INTENSITÉ ET L'URGENCE QUE LUKE A MIS DANS SON ORDRE, LES HÉROS DE L'ALLIANCE SENTENT QU'ILS N'ONT PAS LE CHOIX. ILS ABANDONNENT LEUR AMI À SON DESTIN...
BLIIP ?

À TRAVERS LES PROFONDEURS INSONDABLES DE L'ESPACE, DEUX ESPRITS MAÎTRES ENTRENT EN CONTACT... L'UN EST L'ESSENCE D'UN JEDI... L'AUTRE EST PLUS SOMBRE QUE LES TÉNÈBRES.

CROIS-MOI, LEIA... LUKE SAIT CE QU'IL FAIT... JE CROIS.
JE NE SAIS PAS, HAN. IL Y AVAIT DANS SON REGARD QUELQUE CHOSE QUI M'A EFFRAYÉE...
LANDO ! PRÉVIENS L'ESCORTE. NOUS RETOURNONS À LA BASE PINACLE.
OKAY ! ENCLENCHE LES MOTEURS AUXILIAIRES, CHEWIE...
PRÉPAREZ-VOUS AU PASSAGE EN VITESSE-LUMIÈRE.
HNAWWWRUUNNH !
COORDONNÉES STELLAIRES ACTUALISÉES

LA CINQUIÈME LUNE DE DA SOOCHA, UN MONDE DU SYSTÈME CYAX, INCONNU DE L'EMPIRE.. LÀ, UN DESTROYER IMPÉRIAL CAPTURÉ ET REBAPTISÉ EMANCIPATOR EST EN ORBITE AVEC LA FLOTTE DE L'ALLIANCE REBELLE.
A BORD DU VAISSEAU CALAMARI DEFIANCE, L'AMIRAL ACKBAR VIENT DE RENTRER D'UNE MISSION DE RECONNAISSANCE DANS LE QUADRANT INTÉRIEUR DE LA GALAXIE...
DEPUIS LE QUARTIER GÉNÉRAL DES REBELLES, INSTALLÉ SUR LA LUNE JUSTE AU-DESSOUS, MON MOTHMA, PRÉSIDENTE DE L'ALLIANCE, REÇOIT LE RAPPORT D'ACKBAR.
QUELQUE CHOSE D'IMPORTANT SE PRÉPARE, MON MOTHMA... NOUS AVONS VU DES VAISSEAUX IMPÉRIAUX DES DEUX FACTIONS ADVERSES DISPARAITRE DANS LES RÉGIONS INHABITÉES AU COEUR DE LA GALAXIE.
NOS DROÏDS ESPIONS ET NOS SONDES RAPPORTENT DES OBSERVATIONS SIMILAIRES.

LA GUERRE CIVILE A TRANSFORMÉ LE SYSTÈME IMPÉRIAL EN TERRE DÉSOLÉE... LES POPULATIONS VIVENT DES SITUATIONS DÉSESPÉRÉES...
J'IGNORE CE QUE CES MOUVEMENTS ANNONCENT, MAIS J'AI DE GRANDES CRAINTES POUR LA GALAXIE !
DES NOUVELLES DU COMMANDANT SKYWALKER ?
OUI... MAUVAISES, J'EN AI PEUR.
LE DESTROYER STELLAIRE DE LUKE A ÉTÉ ABATTU... DANS LA CAPITALE IMPÉRIALE MÊME. LES GÉNÉRAUX CALRISSIAN ETANTILLES ÉTAIENT À BORD... ENTRE AUTRES.
LA PRINCESSE LEIA ET LE GÉNÉRAL SOLO SONT PARTIS EN MISSION DE SECOURS.
ET ONT-ILS RÉUSSI ?
ILS GARDENT LE SILENCE RADIO... MAIS S'ILS ONT RÉUSSI, NOUS LE SAURONS BIENTÔT.
ALORS J'AI DE BONNES NOUVELLES POUR VOUS...
LE MILLENIUM FALCON EST DE RETOUR !

ACKBAR ET LES AUTRES COMMANDANTS DE LA FLOTTE REBELLE EMBARQUENT SUR DES NAVETTES ET SUIVENT LE FALCON DANS SA DESCENTE VERS LA BASE LUNAIRE.
SOLO À PINACLE... JE RAMÈNE DES SURVIVANTS DU DESTROYER LIBERATOR...

OUVREZ LE HANGAR NUMÉRO 1. NOUS ENTRONS.
GUIDÉS PAR D'ÉTRANGES CRÉATURES, LES IXLLS, LES VAISSEAUX SE GLISSENT PARMI LES DANGEREUSES FORMATIONS ROCHEUSES DE LA CINQUIÈME LUNE..

... OÙ UN RÉSEAU DE CAVERNES, CACHÉES DANS LES CANYONS ABRUPTS, ONT ÉTÉ AGRANDIES ET CONVERTIES EN BASES SECRÈTES PAR LES REBELLES.
LA BASE PINACLE. MON MOTHMA ET LES VIEUX GÉNÉRAUX MADINE ET DODONNA ACCUEILLENT L'ÉQUIPAGE DU FALCON.
PRINCESSE LEIA ! DIEU MERCI VOUS VOICI DE RETOUR. MAIS OÙ EST LE COMMANDANT SKYWALKER ?
UNE CHOSE TERRIBLE S'EST PRODUITE... LE CÔTÉ OBSCUR DE LA FORCE A CAPTURÉ LUKE.ET IL S'EST LAISSÉ FAIRE !
ET LE PAUVRE R2D2 EST AVEC LUI... ILS VONT EN FAIRE UN HYDROPULVÉRISATEUR !... S'IL SURVIT !
MON MOTHMA ORDONNE UNE RÉUNION URGENTE DU HAUT COMMANDEMENT REBELLE.
L'ORAGE ÉNERGÉTIQUE QUI A EMPORTÉ LE COMMANDANT SKYWALKER... CE N'EST PAS UN PHÉNOMÈNE ISOLÉ...
UN RAPPORT VIENT D'ARRIVER, ANNONCANT L'APPARITION D'UNE GRANDE FLOTTE STELLAIRE AU COEUR DE LA GALAXIE !
QUELQU'UN... OU QUELQUE CHOSE... ATTENDAIT LE MOMENT PROPICE PENDANT QUE LES FACTIONS IMPÉRIALES OCCUPAIENT NOTRE ATTENTION.
NOUS AVONS DES RAISONS DE PENSER QU'UN GÉNIE DU MAL EST À L'OEUVRE... ET CRÉE DE NOUVELLES TECHNOLOGIES, QUI DÉPASSENT TOUS LES CONCEPTS ANTÉRIEURS...
NOS DROÏDS RAPPORTENT L'APPARITION DE MACHINES DIABOLIQUES...

" DES DÉVASTATEURS DE MONDE DÉTRUISANT TOUT SUR LEUR PASSAGE...
... EN CE MOMENT MÊME, CES ENGINS DE DESTRUCTION FONCENT VERS LES PLANÈTES FAVORABLES À LA REBELLION.

" LES IMAGES QUE VOUS VOYEZ SONT TRANSMISES EN DIRECT DE CALAMARI, LA PLANÈTE NATALE DE L'AMIRAL ACKBAR...
LES MON CALAMARI ONT FAIT FIÈREMENT PARTIE DE L'ALLIANCE DEPUIS LE DÉBUT. IL N'EST PAS ÉTONNANT QUE L'ENNEMI AIT CHOISI DE SE TOURNER CONTRE EUX AVEC CES DÉVASTATEURS DE PLANÈTES... N'EST-CE PAS, AMIRAL ACKBAR ? "
" C'EST TOUT À FAIT VRAI... IL Y A DE NOMBREUSES ANNÉES, LES MON CALAMARI ÉTAIENT RÉDUITS EN ESCLAVAGE PAR L'EMPEREUR... LORSQUE NOUS AVONS RÉSISTÉ, NOS VILLES ONT ÉTÉ ATTAQUÉES, POUR FAIRE UN EXEMPLE AUX YEUX DU RESTE DE LA GALAXIE...
MAIS CETTE EXPÉRIENCE A RENFORCÉ D'AUTANT LA VOLONTÉ DE RÉSISTANCE DE MON PEUPLE... ET LES A TRANSFORMÉS EN DE FORMIDABLES GUERRIERS DE L'ALLIANCE ! "

" LORSQUE L'EMPEREUR CRÉA L'ETOILE NOIRE, CALAMARI ÉTAIT EN TÊTE DE LISTE DES PLANÈTES VOUÉES À L'ANNIHILATION PAR CETTE MACHINE DE MORT..."
ET AUJOURD'HUI, ENFIN, CELUI QUI VEUT RÉUNIFIER L'EMPIRE APPLIQUE LES DÉCISIONS DE L'EMPEREUR CONTRE NOUS, AVEC CES NOUVEAUX DÉVASTATEURS DE PLANÈTES !"

" COMME VOUS POUVEZ LE VOIR, LES DÉVASTATEURS CONSUMENT TOUT SUR LEUR PASSAGE...
DANS LEURS ENTRAILLES, D'IMMENSES USINES TRANSFORMENT LEURS PROIES EN ÉLÉMENTS BRUTS... PUIS EN DE NOUVELLES ARMES DE DESTRUCTION ! "

IL S'AGIT DE LA PLUS GRANDE MENACE QUE LA GALAXIE AIT JAMAIS CONNUE. PIRE ENCORE QUE L'ETOILE NOIRE !
SI NOUS N'AGISSONS PAS IMMÉDIATEMENT, LA PLANÈTE CALAMARI... ET TOUS LES AUTRES SYMPATHISANTS DE LA REBELLION... SONT CONDAMNÉES...
" LA LUNE PINACLE SUR LAQUELLE NOUS NOUS TROUVONS EST EN ORBITE D'UNE PLANÈTE-OCÉAN HABITABLE : DA SOOCHA. "
NOUS DEVONS FAIRE TOUT NOTRE POSSIBLE POUR AIDER MON PEUPLE À TROUVER REFUGE ICI. "
" LES ESCADRONS VERT ET BLEU PARTIRONT SUR LE CHAMP POUR ESCORTER ET SOUTENIR L'ÉVACUATION DE CALAMARI... "
GÉNÉRAUX CALRISSIAN ET ANTILLES... ETES-VOUS PRÊTS À PILOTER L'AUTRE DESTROYER CAPTURÉ POUR ALLER COMBATTRE LES DÉVASTATEURS ?
JE NE SAIS PAS... APRÈS CE QUE NOUS AVONS FAIT AU LIBERATOR...
ET TOI, HAN ? TU ES LE MEILLEUR PILOTE DE LA GALAXIE !
WEDGE ET TOI DEVREZ LE PILOTER, LANDO. J'AI TROP À FAIRE AVEC LA FORMATION DES NOUVEAUX PILOTES DE CHASSE QUI REJOIGNENT L'ALLIANCE.

LE CONSEIL SE SÉPARE, ET HAN REJOINT SA FEMME, RESTÉE ÉTRANGEMENT SILENCIEUSE PENDANT TOUTE LA RÉUNION.
CETTE GUERRE SANS FIN... ON DIRAIT QUE NOUS N'AVONS PAS ÉTÉ SEULS PLUS DE CINQ MINUTES DEPUIS QUE MON MOTHMA NOUS A MARIÉS...
J'AVAIS ENVIE DE PARTIR AVEC LANDO, MAIS J'AI ACCEPTÉ UNE AUTRE MISSION POUR QUE NOUS RESTIONS ENSEMBLE.
HAN... QUELQUE CHOSE D'HORRIBLE EST EN TRAIN D'ARRIVER À LUKE...
IL EST EN VIE... JE LE SENS..
MAIS IL S'ÉLOIGNE DE PLUS EN PLUS...
NOUS DEVONS L'AIDER...
IL NOUS FAUT UN PEU DE TEMPS POUR NOUS, LEIA. LUKE NE VEUT PAS DE NOTRE AIDE. IL DIT QU'IL DOIT RESTER SEUL, ET JE LE CROIS...
HAN...
... ET PUIS, TU ME CONNAIS... JE NE SUIS PAS DU GENRE À M'OPPOSER AU JUGEMENT D'UN JEDI !
HNAWWWRUUNNH ! !

ET QUE DEVIENT LUKE SKYWALKER, CHEVALIER JEDI ?
L'ORAGE ÉNERGÉTIQUE NOUS A ENTRAÎNÉS DANS UNE SORTE DE VAISSEAU ÉQUIPÉ POUR L'HYPER-ESPACE, R2...
MAIS AU MOINS, NOUS SOMMES ENCORE VIVANTS !
PDIIIP ?
OUI, DOMMAGE QU'ON NE VOIE PAS AU-DEHORS...
MAIS POUR LES YEUX DE LA FORCE, CES PAROIS N'EXISTENT PAS.
NOUS SOMMES DANS UN VAISSEAU-PRISON IMPÉRIAL... COMME CEUX DANS LESQUELS ON TRANSPORTAIT LES CHEVALIERS JEDI PENDANT LA GUERRE DES CLONES....
... ET ON DIRAIT QUE NOUS ARRIVONS À DESTINATION.

LA PLANÈTE BYSS, AU COEUR MÊME DE LA GALAXIE... UN MONDE TOTALEMENT SOUMIS AU CÔTÉ OBSCUR...
SI LES TÉNÈBRES ONT UNE ORIGINE, NOUS Y SOMMES, R2...
DOOP ?
OUI, ACCROCHE-TOI. LE VAISSEAU AMORCE SA DESCENTE...

APRÈS UNE RENTRÉE MOUVEMENTÉE À TRAVERS L'ATMOSPHÈRE DE LA PLANÈTE, LE VAISSEAU-PRISON ACCOSTE AUX ABORDS D'UNE CITÉ LUMINEUSE.
NOUS SOMMES PRÊTS À RECEVOIR LE PRISONNIER !
UNE CAGE D'ÉNERGIE ATTEND... PIÈGE POUR UN JEDI !
ÊTES-VOUS SATISFAIT ? NOUS VOUS L'AVONS AMENÉ VIVANT.
EXCELLENT. QUE VOS HOMMES L'ESCORTENT JUSQU'AU GRAND HALL.

ET COMME L'ON EMPORTE LUKE PAR LES RUES DE L'ÉTRANGE ET SUPERBE CITÉ, IL SENT CROÎTRE L'INTENSITÉ DU CÔTÉ OBSCUR DE LA FORCE...
LE PÉRIPLE DE LUKE CESSE DEVANT LES PORTES D'UNE IMMENSE CITADELLE... IL SENT SOUDAIN UN ESPRIT VENIR À SA RENCONTRE... UN ESPRIT PLEIN D'UN RIRE TRIOMPHANT...
C'EST ICI, R2... C'EST ICI QUE MON ADVERSAIRE - QUEL QU'IL SOIT - M'ATTEND !
BWIIIP ?

SORS DE LÀ !
ALLONS-Y, R2.
REPOUSSANT L'ONDE OPPRESSANTE QUI VEUT LE DOMINER, L'ESPRIT DE LUKE RIPOSTE...

PAS DE MENACES... JE SUIS ICI PARCE QUE J'AI CHOISI DE L'ÊTRE !

AMUSANT.
GARDEZ-LE À L'OEIL, MAIS N'Y TOUCHEZ PAS.
LAISSEZ LE CROIRE À SON " LIBRE ARBITRE ", SI C'EST CE QU'IL VEUT...
MAIS IL S'ACHEMINE VERS SA FIN !
ET COMME LES SILHOUETTES EN ROBE S'ESCLAFFENT SILENCIEUSEMENT...
... LUKE S'ENFONCE VAILLAMMENT DANS LA SOMBRE CITADELLE.
SON INFAILLIBLE INTUITION DE JEDI LE CONDUIT DROIT VERS LA SALLE DU TRONE.
EXCELLENT ! EXCELLENT !
TU ES VENU JUSQU'À MOI DE TON PLEIN GRÉ !

VOUS !...
JE LE PRESSENTAIS. MAIS JE VOUS AI VU MOURIR !
- OUI, TU LE SENTAIS, N'EST-CE PAS... TU T'ES BEAUCOUP PÉNÉTRÉ DE LA FORCE DEPUIS NOTRE DERNIÈRE RENCONTRE...
MAIS MOI AUSSI !
CE N'ÉTAIT PAS LA PREMIÈRE FOIS QUE JE MOURAIS... NI LA DERNIÈRE !
TELS SONT LES MYSTÈRES DU CÔTÉ OBSCUR !
VOIS-TU MON AMI, LA CHAIR A QUELQUE DIFFICULTÉ À SUPPORTER TOUT CE POUVOIR !
PENDANT DE NOMBREUSES ANNÉES, J'AI DÛ FAIRE FACE À UNE INCONTOURNABLE NÉCESSITÉ.
MON CORPS S'EST DÉGRADÉ, ENCORE ET ENCORE... ET CHAQUE FOIS, J'AI DÛ EN HABITER UN AUTRE...
... UN HUMBLE CLONE DE L'HOMME QUE JE FUS JADIS...
DES CLONES !
AINSI, C'EST VRAI !

OUI, JEUNE SKYWALKER !
LA MORT EST DOULOUREUSE... LE TRANSFERT N'EST PAS UNE EXPÉRIENCE ENVIABLE...
MAIS CES SOUFFRANCES SONT UN BIEN FAIBLE PRIX À PAYER.. POUR LA VIE ETERNELLE !
MAIS APRÈS TOUT, NE SUIS-JE PAS ESSENTIELLEMENT L'ENERGIE IMPALPABLE...
LE POUVOIR ?
A PRÉSENT, JEUNE APPRENTI...
TON PÈRE EST MORT.
VIENS-TU TE JOINDRE À MOI ?
PRENDRAS-TU À MES CÔTÉS LA PLACE QUI TE REVIENT DE DROIT ?
SENTANT L'HÉSITATION DE LUKE, L'EMPEREUR PRÉSENTE AU JEUNE JEDI LA TENTATIONS À LAQUELLE SUCCOMBA SON PÈRE...
REGARDE ! MES DÉVASTATEURS DE PLANÈTES ! TU LES COMMANDERAS !

LES REBELLES ONT EU LEUR CHANCE ... JE LEUR AI LAISSÉ DES ANNÉES POUR RECONQUÉRIR LA GALAXIE ! MAIS SANS CHEVALIER JEDI, ILS ONT MISÉRABLEMENT ÉCHOUÉ !
ET AUJOURD'HUI, JE LES AI PRIS À REVERS ! EN SECRET, J'AI CONSTRUIT DES ARMES INOUÏES...
BOOOOP ?
TA DESTINÉE, MON AMI, EST DE SUCCÉDER À TON PÈRE...
POUR IMPOSER MA LOI AUX MONDES QUI M'ONT TRAHI !
UN TERRIBLE CONFLIT EMPLIT LUKE SKY-WALKER. LES ARGUMENTS DE L'EMPEREUR NE L'ONT PAS TOUCHÉ...

MAIS PEUT-IL DÉFENDRE LA LIBERTÉ DE MILLIARDS D'HOMMES... EN RECOURANT À LA FORCE POUR ABATTRE LE VIEIL HOMME ?
EST-IL SI DIFFICILE DE DÉCIDER, MON FILS ?
TU SAIS PARFAITEMENT QUE SI TU ME TUES, JE REVIVRAI !
... JE POURRAIS MÊME ME RÉINCARNER EN TOI !
L'EMPEREUR EST UN MAÎTRE STRATÈGE.. IL A DÉJÀ PRÉVU CET INSTANT... À PRÉSENT, CONTRE TOUTE ATTENTE IL PROPOSE À LUKE L'INÉVITABLE... LA SEULE SOLUTION À SON DILEMME.
JE VOIS QUE TU AS ACQUIS UNE GRANDE SAGESSE GRÂCE À LA FORCE. TU ES PARVENU À LA CONTRÔLER.
TU N'ES PLUS UN JEUNE IMPULSIF, EN GUERRE CONTRE SA PROPRE COLÈRE....
MAIS SI TU VEUX ENCORE ME VAINCRE... TU DOIS CONNAÎTRE LES SECRETS DU CÔTÉ OBSCUR ! TOI ET MOI, NOUS SAVONS QUE TU N'AS AUCUN AUTRE MOYEN !
LES MOTS DE L'EMPEREUR FRAPPENT COMME L'ÉCLAIR L'ESPRIT DE LUKE... LE CÔTÉ OBSCUR VIENT DE PARLER... ET POUR UNE FOIS, IL DIT LA VÉRITÉ.
UN IMMENSE PÉRIL S'APPROCHE, MAIS C'EST LE MOMENT POUR LEQUEL LUKE EST NÉ.
IL DOIT AFFRONTER LE CÔTÉ OBSCUR DE L'INTÉRIEUR.. IL DOIT PÉNÉTRER LE POUVOIR DU CÔTÉ OBSCUR, ET APPRENDRE SES SECRETS...

IL N'Y A PAS D'AUTRE ISSUE.
OUI.
LA DESTINÉE DE MON PÈRE SERA LA MIENNE.

TRÈS BIEN ! QU'IL EN SOIT AINSI.
MON AMI, CÉLÉBRONS NOTRE CONQUÊTE D'UNE GALAXIE !
WIIII-BDIIIP ?

LEIA ?
LEIA ? QUE T'ARRIVE-T-IL ? CELA FAIT DES JOURS ENTIERS QUE TU NE SORS PLUS !
VIENS VOIR CE QUI SE PASSE !
C'EST FORMIDABLE ! LA GALAXIE ENTIÈRE S'ASSEMBLE POUR COMBATTRE L'EMPIRE.
UN AUTRE DÉTACHEMENT DE CROISEURS VIENT D'ARRIVER DE NORVAL II !
HAN... JE N'AURAIS PAS DÛ T'ÉCOUTER.
JE N'AURAIS PAS DÛ ÉCOUTER LUKE.
J'ENTENDS UN RIRE HORRIBLE.
UNE CHOSE EFFRAYANTE VIENT DE SE PRODUIRE, HAN...
NOUS L'AVONS PERDU.
ALLEZ ! CE VIEUX LUKE A PLUS DE TOURS DANS SON SAC QU'UN...
HAN, NE SOIS PAS STUPIDE !
LUKE COURT UN GRAVE DANGER. ET JE DOIS L'AIDER... TU COMPRENDS ? IL A BESOIN DE MOI !

AH... OUI, JE COMPRENDS.
LEIA, TOUT ÇA NE ME DIT RIEN QUI VAILLE...
OH, HAN...
ON M'AVAIT DIT QU'ÊTRE MARIÉ À UNE PRINCESSE JEDI C'ÉTAIT PAS DU TOUT CUIT.
C'ÉTAIT VRAI.
CHEWIE... LORSQUE TU AURAS FINI DE RÉPARER LE STABILISATEUR D'INFLUX, FAIS LE PLEIN DU FALCON...

NOUS AVONS RENDEZ-VOUS AVEC LE CÔTÉ OBSCUR !

HYPERESPACE... A BORD DE L'EMANCIPATOR, DESTROYER STELLAIRE DES REBELLES.
GENERAL CALRISSIAN, NOUS VENONS D'INTERCEPTER UN NOUVEAU CANAL DE COMMUNICATION HYPERSPATIAL... ENTRE L'ORBITE DE CALAMARI ET LE COEUR DE LA GALAXIE.
IL RETRANSMET DES IMAGES DE LA DESTRUCTION DE CALAMARI !
REGARDEZ LA TAILLE DE CES MACHINES, LANDO !
ILS NOUS RENDENT SERVICE EN TRANSMETTANT CES IMAGES, WEDGE...
GRIGGS ! POUVEZ-VOUS RECALCULER NOTRE SORTIE DE L'HYPERESPACE À DEUX DEGRÉS DE L'ORIGINE DE LA TRANSMISSION ?
OUI, MONSIEUR ! L'ORDINATEUR DE BORD DIT QUE C'EST POSSIBLE !
VOUS ÊTES FOU ! SI NOUS QUITTONS L'HYPERESPACE À CET ENDROIT-LÀ, NOUS ALLONS PERCUTER DE PLEIN FOUET CEUX QUI ÉMETTENT CES IMAGES !
C'EST BIEN CELA, WEDGE.
COORDONNÉES PROGRAMMÉES, GÉNÉRAL CALRISSIAN ! SORTIE DE L'HYPERESPACE DANS QUARANTE-CINQ SECONDES !
PRÉPAREZ-VOUS À PASSER EN PROPULSION SUBLUMINIQUE...
ZEV ! A MON COMMANDEMENT, FEU POUR TOUS LES TURBO-LASERS ET TOUS LES CANONS IONIQUES !
A VOS ORDRES !

A LA SECONDE OÙ IL ÉMERGE DE L'HYPERESPACE LE DESTROYER REBELLE SE MET A FAIRE FEU DE TOUTE LA PUISSANCE DE SON ARMEMENT !
LE SUPER DESTROYER IMPÉRIAL ALLEGIANCE, D'OÙ PROVENAIT LA TRANSMISSION, EST TOUCHÉ ALORS QUE SES BOUCLIERS SONT ABAISSÉS...
ON LEUR RENTRE DEDANS !
TOUS LES VAISSEAUX DERRIÈRE NOUS !
BIEN REÇU, EMANCIPATOR !
TORPILLES PRÊTES À TIRER !

ÇA Y EST ! INFORMEZ PINACLE QUE NOUS SOMMES AU-DESSUS DE CALAMARI !
LEVEZ LES BOUCLIERS DÉFLECTEURS ! PRÉPAREZ-VOUS À L'ATTAQUE !
LE RESTE DE LA FLOTTE EST LÀ, MONSIEUR ! ILS RETIENNENT LES DESTROYERS IMPÉRIAUX !
LARGUEZ LES X-WINGS ET LES PORTE-SPEEDERS !
IL FAUT DESCENDRE SUR LA PLANÈTE ET ÉCRASER LES DÉVASTATEURS.
X-WINGS ET PORTE-SPEEDERS LARGUÉS !

FORMÉS PAR DES ANNÉES DE COMBATS INCESSANTS, LES PILOTES REBELLES PLONGENT SANS HÉSITATION SUR LES CITÉS AÉRIENNES DE CALAMARI... ET SUR LES DÉVASTATEURS DE PLANÈTES !
EMANCIPATOR, ICI LEADER VERT ! NOUS SOMMES EN FORMATION ÉLARGIE ET ÇA VA FAIRE MAL !
PENDANT CE TEMPS, SUR LA PASSERELLE DU DÉVASTATEUR SILENCER-7
COMMANDANT KLEV, ON NOUS ATTAQUE DEPUIS UNE ORBITE BASSE. DES X-WINGS ET DES SPEEDERS, LARGUÉS PAR UN DESTROYER IMPÉRIAL...
CE SONT CES MAUDITS REBELLES... ILS ONT CAPTURÉS DEUX DE NOS VAISSEAUX À ENDOR, IL Y A PLUSIEURS ANNÉES.

MONSIEUR, NOUS SAVONS QUE CES X-WINGS NE SONT QUE DES ANTIQUITÉS.
ILS N'ONT PAS LA MOINDRE CHANCE DE PÉNÉTRER NOTRE SYSTÈME DE DÉFENSE.
OUI, ET ILS NE SAVENT PAS À QUEL POINT NOS ARMES SONT MORTELLES... LEUR PETIT JEU EST TERMINÉ.
ENVOYEZ UN MESSAGE À BYSS. INFORMEZ LE COMMANDANT SUPRÊME SKYWALKER DE LEUR PRÉSENCE.
ET PENDANT CE TEMPS, DONNONS À L'ALLIANCE UN AVANT-GOÛT DE CE QUI LES ATTEND !
DÉFENDANT VAILLAMMENT LEURS CITÉS AÉRIENNES CONTRE DES ADVERSAIRES LARGEMENT SUPÉRIEURS, LES VAILLANTS CALAMARI EXULTENT DEVANT LA CONTRE-ATTAQUE REBELLE !
L'AMIRAL ACKBAR NE NOUS A PAS ABANDONNÉS. TOUTE L'ALLIANCE VIENT À NOTRE AIDE !

EMANCIPATOR, ICI LEADER VERT.
ON DIRAIT QU'ON LEUR FAIT DE L'EFFET ! L'UN DES DÉVASTATEURS FAIT MACHINE ARRIÈRE...
NON, ATTENDEZ !
IL LARGUE DES CHASSEURS D'UN TYPE NOUVEAU !
DES CHASSEURS TIE ROBOTISÉS SORTENT DES USINES DU DÉVASTATEUR ET FONCENT DANS LA BATAILLE !

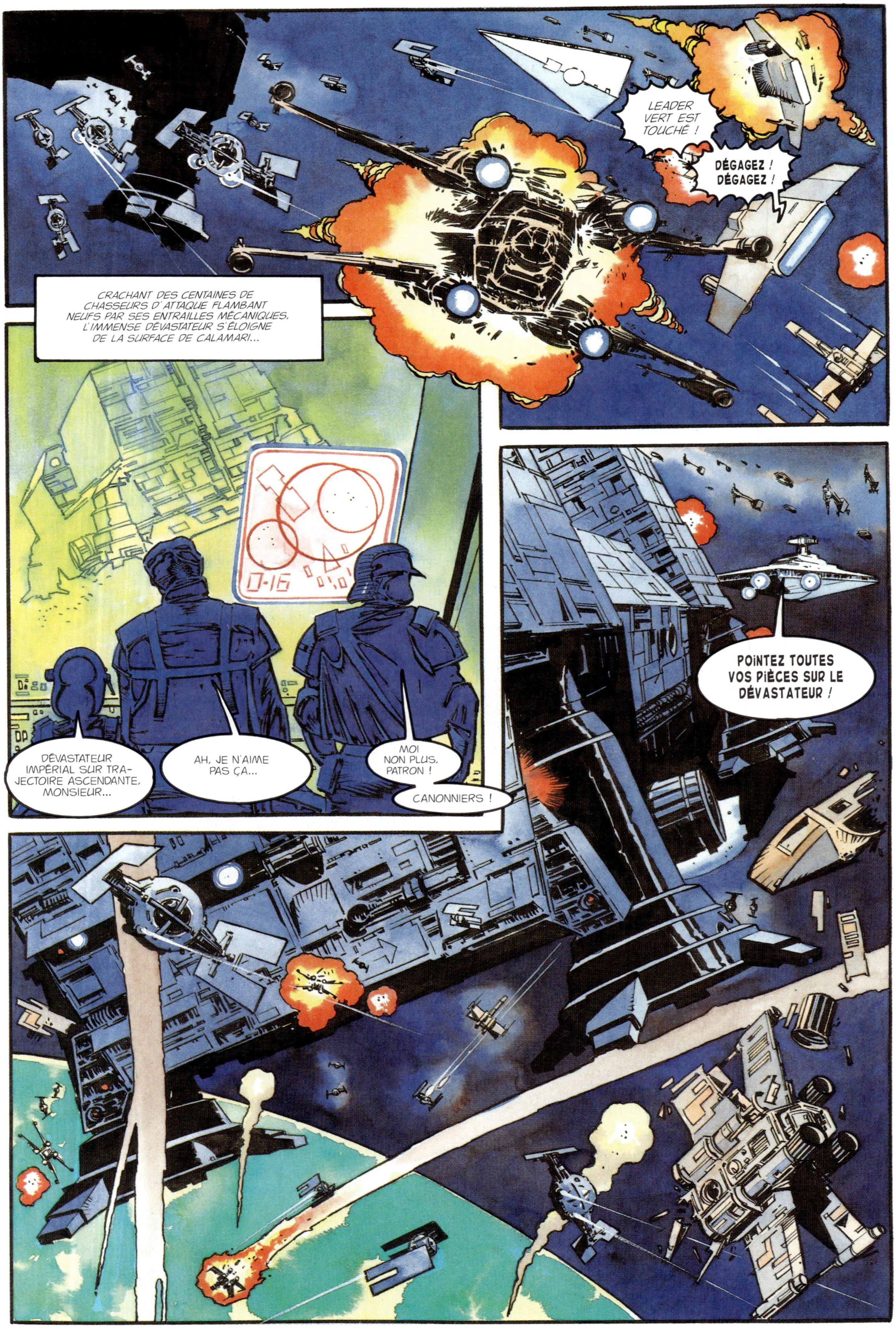

LEADER VERT EST TOUCHÉ !
DÉGAGEZ ! DÉGAGEZ !
CRACHANT DES CENTAINES DE CHASSEURS D'ATTAQUE FLAMBANT NEUFS PAR SES ENTRAILLES MÉCANIQUES, L'IMMENSE DÉVASTATEUR S'ÉLOIGNE DE LA SURFACE DE CALAMARI...
DÉVASTATEUR IMPÉRIAL SUR TRAJECTOIRE ASCENDANTE, MONSIEUR...
AH, JE N'AIME PAS ÇA...
MOI NON PLUS, PATRON !
CANONNIERS !
POINTEZ TOUTES VOS PIÈCES SUR LE DÉVASTATEUR !

EMANCIPATOR À PINACLE ! NOUS SOMMES EN DIFFICULTÉ. L'UN DES DÉVASTATEURS NOUS A PRIS EN CHASSE !
BALANCEZ-LUI TOUTES LES TORPILLES AVANT !
J'ESSAIE, MONSIEUR, MAIS NOS LANCE-TORPILLES NE RÉPONDENT PLUS !
C'EST INUTILE, LANDO, L'EMANCIPATOR NE SERA BIENTÔT PLUS QU'UN TAS DE FERRAILLES !
C'EST LE SECOND DESTROYER QUE NOUS PERDONS ! TOUT LE MONDE AUX CAPSULES DE SAUVETAGE !
JAMAIS L'ALLIANCE N'A ÉTÉ EN SI MAUVAISE POSTURE DEPUIS LA MORT DE VADER !

AU MÊME MOMENT, À PINACLE, GRAND QUARTIER GÉNÉRAL REBELLE SUR LA CINQUIÈME LUNE DE DA SOOCHA, LA PRINCESSE LEIA REÇOIT UNE VISITE INATTENDUE : UNE VISION SORTIE DU PASSÉ !
PÈRE ! EST-CE... VOUS ?
NON... TON PÈRE EST LIBRE... IL A REJOINT TOUS LES JEDI DISPARUS AVANT LUI...
ET DARTH VADER N'EST PLUS... MA CHÈRE...
SOEUR...

LEIA... NE TENTE PAS DE ME RETROUVER...
N'INTERFÈRE PAS..
LA DESTINÉE M'A CONTRAINT À SUIVRE LE MÊME CHEMIN QUE NOTRE PÈRE... C'ÉTAIT LE SEUL MOYEN...
LE SEUL MOYEN DE TOUT PRÉSERVER... CONTRE LE POUVOIR DU CÔTÉ OBSCUR.
LUKE.. NON !
CE N'EST PAS POSSIBLE ! TU LE SAIS !
COMMENT PEUX-TU NOUS SAUVER EN REJOIGNANT LE CÔTÉ OBSCUR ? TU VAS TE DÉTRUIRE...
ET NOUS SERONS DÉTRUITS AVEC TOI !
SOUDAIN, UNE AUTRE PRÉSENCE SE SUPERPOSE À L'IMAGE DE SKYWALKER, ET LEIA ENTEND RÉSONNER LA VOIX SÉPULCRALE DU CÔTÉ OBSCUR...
OUI, JEUNE JEDI... TON FRÈRE A JOUÉ...
... ET PERDU !
PRINCESSE ?
PRINCESSE LEIA ?
AH, VOUS ÊTES LÀ ! J'AVAIS BESOIN DE ME RE-POSER POUR REVITALISER MES CIRCUITS DE TRADUCTION...
OH, BOGUE ! ELLE S'EST ÉVANOUIE !

PENDANT CE TEMPS, DANS LE HANGAR PRINCIPAL, IGNORANT LA DÉTRESSE DE SA FEMME, HAN SOLO FORME DE NOUVELLES RECRUES.
UNE TRÈS IMPORTANTE USINE D'ARMEMENTS VIENT DE VIRER SON GOUVERNEUR ET DE REJOINDRE L'ALLIANCE.
ET VOICI LE RÉSULTAT : LE TOUT DERNIER CHASSEUR IMPÉRIAL. NOUS L'AVONS, ET VOUS ALLEZ VOLER DESSUS.
ET NON SEULEMENT ÇA, MAIS VOUS VOLEZ DESSUS DÈS DEMAIN !
POURQUOI, GÉNÉRAL SOLO ?
PARCE QUE NOUS VENONS D'APPRENDRE QUE NOUS PRENONS LA PILE À CALAMARI, FACE AUX NOUVELLES MACHINES DE GUERRE.
JE NE LES AI JAMAIS COMBATTUES, MALHEUREUSEMENT, MAIS ON M'A DIT QU'ELLES SONT ENCORE PLUS DANGEREUSES QUE L'ÉTOILE NOIRE...
... ALORS, LES GARS, VOUS SEREZ EN SELLE PLUS VITE QUE PRÉVU !
ET ICI, VOUS VOYEZ LE TOUT DERNIER VAISSEAU DE L'ALLIANCE : LE CHASSEUR E-WING.
C'EST UNE BONNE BÉCANE, MAIS IL A FALLU GONFLER LES LASERS AU POINT QU'ILS POURRAIENT BIEN VOUS PÉTER À LA GUEULE... PAS VRAI, CHEWIE ?
HNAWWWRUUNNH !

HOHO, VOILÀ MON MOTHMA ET JE N'AIME PAS LA TÊTE QU'ELLE FAIT.
CHEWIE... LAISSE TOMBER LE BRICOLAGE ET FINIS DE PRÉPARER LE FALCON... J'AI IDÉE QUE C'EST LE MOMENT...
C'EST LEIA. . VENEZ VITE.
LEIA ? QUE SE PASSE-T-IL ?
NOUS NE SAVONS PAS. ELLE A FAIT UN MALAISE. ELLE SE REPOSE À L'INFIRMERIE.
GÉNÉRAL SOLO, JE CROIS QUE LA PRINCESSE LEIA A EU UN COURT-CIRCUIT. ELLE NE CESSE DE DÉLIRER AU SUJET DE MAÎTRE LUKE !
SOLO SE PRÉCIPITE AU CHEVET DE SA FEMME. IL LA TROUVE CHOQUÉE, BOULEVERSÉE PAR CE QU'ELLE A APPRIS DE SON SORT.
C'EST VRAI, HAN... LA FORCE ME RAPPROCHE DE LUKE... MÊME S'IL EST À DES ANNÉES-LUMIÈRE D'ICI.
IL COURT UN TRÈS GRAND DANGER, HAN. LE CÔTÉ OBSCUR EST EN TRAIN DE L'ENGLOUTIR. IL FAUT LE RETROUVER !
OUAIS, C'EST ÇA ! IL N'Y A QUE DOUZE MILLIONS DE SYSTÈMES STELLAIRES HABITÉS DANS LE COIN. PAS DE PROBLÈME...
TU NE COMPRENDS PAS. JE PEUX LE TROUVER. LA FORCE ME CONDUIRA VERS LUI...
LUKE EST PROBABLEMENT LE DERNIER CHEVALIER JEDI EN VIE, GÉNÉRAL SOLO. SI NOUS LE PERDONS. . C'EN SERA PEUT-ÊTRE FINI DE L'ALLIANCE... ET DE LA GALAXIE.
OUAIS... ET BIEN, SI C'EST UN GRAND JEDI, COMMENT SE FAIT-IL QU'IL AIT TOUT LE TEMPS BESOIN QUE J'AILLE LE TIRER D'AFFAIRE ?
HAN !...

OKAY, OKAY... DE TOUTE FAÇON J'EN AVAIS MARRE DE JOUER LES PROFS POUR CES PIEDS-TENDRES QUE VOUS RECRUTEZ...
ET CHEWIE VIENT DE FAIRE LE PLEIN...
... MAIS RESTONS TERRE-À-TERRE...
... OÙ EST LUKE, EXACTEMENT ? ET PUIS, ES-TU SÛRE QUE TU AURAS LA FORCE DE VOYAGER DANS L'HYPERESPACE ? TU ES TRÈS PÂLE.
LUKE EST QUELQUE PART AU COEUR DE LA GALAXIE, DANS UNE DES RÉGIONS QUI SONT SOUS CONTRÔLE IMPÉRIAL DEPUIS DES DÉCENNIES...
HAN... CE SERA UN DANGEREUX VOYAGE POUR NOUS TOUS...
OUAIS. CE SERA DUR... MAIS PAS IMPOSSIBLE.
NOUS AURONS BESOIN DE L'AIDE DE CERTAINES DE MES CONNAISSANCES... DES GENS QUI ONT PAYÉ POUR OBTENIR LA PERMISSION DE PÉNÉTRER AU COEUR DE LA GALAXIE...
ET AINSI, UNE NOUVELLE FOIS, HAN, LEIA ET CHEWBACCA SE PRÉPARENT À ABANDONNER LE HAVRE DE LA BASE DE PINNACLE.
C3PO... CETTE MISSION EST TROP RISQUÉE, ET ON A BESOIN DE TOI ICI.
SI VOUS RETROUVEZ R2, IL VA AVOIR BESOIN DE MON SOUTIEN PSYCHOLOGIQUE !
LAISSEZ-MOI VENIR AVEC VOUS !
BONNE CHANCE, SOLO. ET CETTE FOIS-CI, RAMENEZ-NOUS SKYWALKER !
JE LE FERAI, GENERAL RIEEKAN, FAITES-MOI CONFIANCE. LA DEUXIÈME FOIS SERA LA BONNE.
ALLEZ, VIENS, GUEULE D'OR ! BOUCLE-LÀ ET EMBARQUE ! JE TE FERAI SURVEILLER LE COUPLAGE D'ANTI-MATIÈRE.

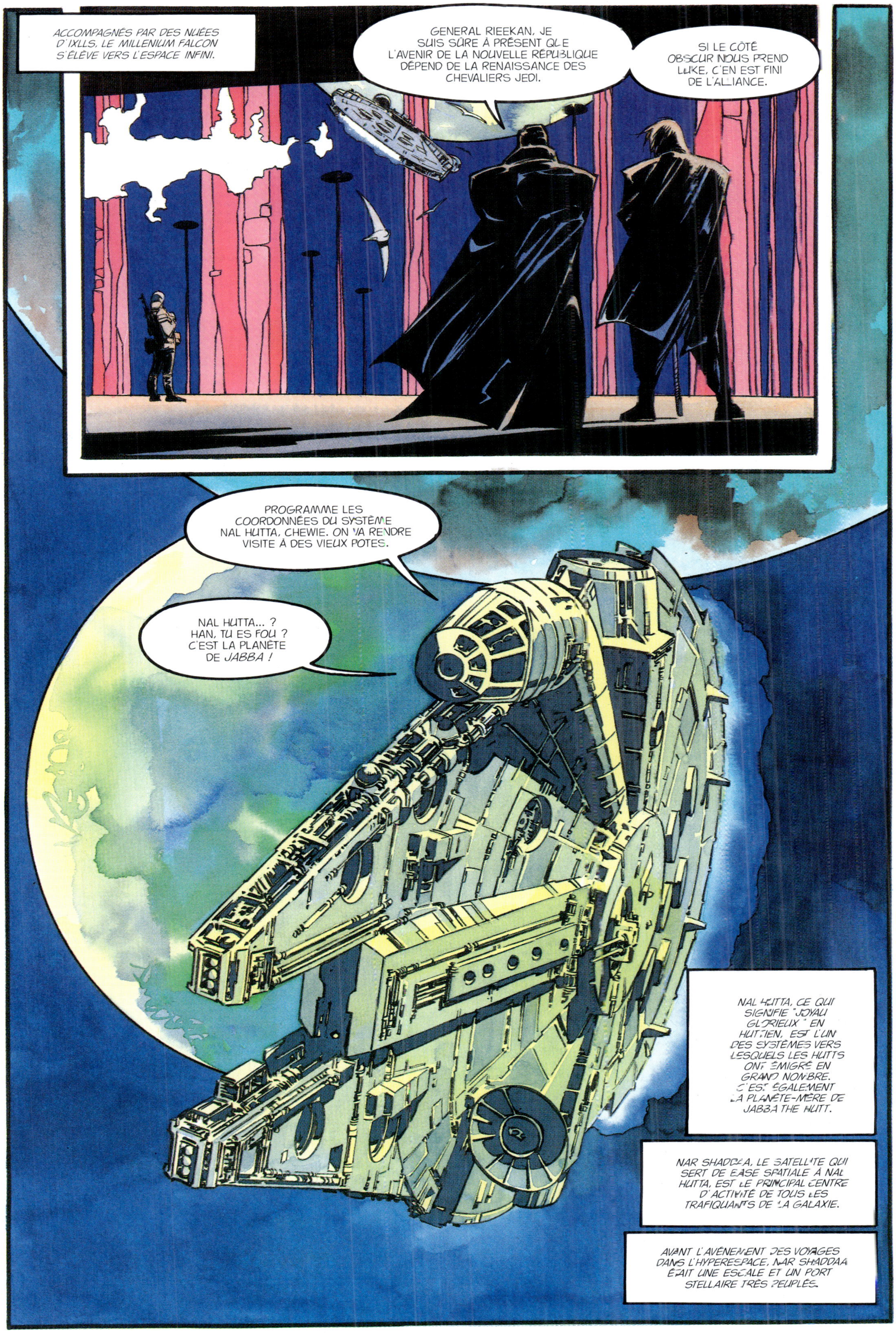
ACCOMPAGNÉS PAR DES NUÉES D'IXLLS, LE MILLENIUM FALCON S'ÉLÈVE VERS L'ESPACE INFINI.
GENERAL RIEEKAN, JE SUIS SÛRE À PRÉSENT QUE L'AVENIR DE LA NOUVELLE RÉPUBLIQUE DÉPEND DE LA RENAISSANCE DES CHEVALIERS JEDI.
SI LE CÔTÉ OBSCUR NOUS PREND LUKE, C'EN EST FINI DE L'ALLIANCE.
PROGRAMME LES COORDONNÉES DU SYSTÈME NAL HUTTA, CHEWIE. ON VA RENDRE VISITE À DES VIEUX POTES.
NAL HUTTA... ? HAN, TU ES FOU ? C'EST LA PLANÈTE DE JABBA !
NAL HUTTA, CE QUI SIGNIFIE "JOYAU GLORIEUX " EN HUTTIEN, EST L'UN DES SYSTÈMES VERS LESQUELS LES HUTTS ONT ÉMIGRÉ EN GRAND NOMBRE. C'EST ÉGALEMENT LA PLANÈTE-MÈRE DE JABBA THE HUTT.
NAR SHADDAA, LE SATELLITE QUI SERT DE BASE SPATIALE À NAL HUTTA, EST LE PRINCIPAL CENTRE D'ACTIVITÉ DE TOUS LES TRAFIQUANTS DE LA GALAXIE.
AVANT L'AVÈNEMENT DES VOYAGES DANS L'HYPERESPACE, NAR SHADDAA ÉTAIT UNE ESCALE ET UN PORT STELLAIRE TRÈS PEUPLÉS.

AUJOURD'HUI, C'EST UN MONDE SANS GOUVERNEMENT, OÙ SEULS FONT LOI LES MARCHÉS QUE PASSENT ENTRE EUX AMIS... OU ENNEMIS !
BIENVENUE À NAR SHADDAA !
CHEWIE ! ALLUME LES PROPULSEURS SUB-LUMINIQUES.
HNAWWWRUUNNH ! !
HAN, TOUT LE MONDE SAIT QUE NAR SHADDAA GROUILLE DE HUTTS ET DE CHASSEURS DE PRIMES !
NOTRE TÊTE EST CERTAINEMENT MISE À PRIX APRÈS CE QUE J'AI FAIT À JABBA !
OUAIS... J'AI PENSÉ À ÇA.
MAIS J'AI DES AMIS ICI. JE SUIS CHEZ MOI.
... REGARDE ! VOILÀ MON VIEUX POTE MAKO... QUI NOUS FAIT COUCOU À L'ÉCRAN !

SOLO ! CHEWBACCA ! VOUS ÊTES CINGLÉS DE VENIR ICI ! TOUS LES CHASSEURS DE PRIMES DE LA GALAXIE SONT SUR LA TRACE DU MILLENIUM FALCON !
LES HUTTS ONT QUADRUPLÉ VOTRE MISE À PRIX ! MORTS OU VIFS !
C'EST BON DE SE SENTIR DÉSIRÉ, MAKO... ABAISSE TES BOUCLIERS !
D'OÙ SORS-TU ? ÇA FAIT SIX ANS QUE LES BOUCLIERS ONT LÂCHÉ !
ENTRE DONC, SOLO ! MAIS TU CHERCHES LES EMMERDES !
MERCI, MAKO ! ON DIRAIT QU'ILS M'ONT DÉJÀ TROUVÉ !
HNAWWWRUUNNH ! !
TANDIS QUE HAN FAUFILE LE FALCON PARMI LE HAUT LABYRINTHE DE TOURS D'ACCOSTAGE EN RUINES, CHEWBACCA ASSAISONNE LEURS POURSUIVANTS.
BIEN VISÉ, CHEWIE ! CES SPATIOPUNKS VONT L'AVOIR DANS L'OS !

VEUX-TU QUE JE PASSE DANS LA TOURELLE DE TIR ?
NAN, ON VA LES SEMER...
CHEWIE... MET LA GOMME SUR LES DÉFLECTEURS ARRIÈRE...
J'AI UN AUTRE POTE. NINX. IL FAIT DANS LE BRICOLAGE DE COUCOUS. IL ME DOIT UN SERVICE. VOYONS... SON COMCODE, C'EST QUOI DÉJÀ ?
ENTRÉ DANS UN PÉRIMÈTRE DÉSORMAIS SANS BOUCLIER, LE FALCON SE GLISSE DANS LES PROFONDEURS DU SECTEUR CORELLIEN... LIEU OÙ LE JEUNE SOLO A APPRIS LE MÉTIER DE TRAFIQUANT...
NINX ! TU FERAIS MIEUX DE RÉPONDRE, OU BIEN...

HAN ! JE VIENS D'AVOIR MAKO ! IL M'A DIT QUE TU VENAIS PAR ICI...
DÉSOLÉ, J'AI TROP D'EMMERDES AVEC LES HUTTS. J'AI RIEN POUR TOI !
ALLEZ, NINX ! JE T'AI SAUVÉ LA MISE QUAND ON T'A PRIS À REFILER DES DÉTENTES IONIQUES AUX ZYGGURATS ! TU TE SOUVIENS ?
HNAWWWRUUNNH !
OUAIS ! COMMENT OUBLIER ? MAIS JE T'AI RENDU LA PAREILLE, MON POTE. TU TE RAPPELLES LE GÉNÉRATEUR DE BOUCLIER ET LE PROPULSEUR NUCLÉAIRE QUE JE T'AI FILÉS POUR RIEN ?
LAISSE TOMBER, NINX ! J'ARRIVE ! OUVRE LE TUNNEL !
OUAIS MAIS...
BON, ÇA VA, C'EST OUVERT. RAMÈNE-TOI, MAIS ÇA VA TE COÛTER UN MAX !
UN SPLENDIDE HOLO-ÉCRAN PUBLICITAIRE MASQUE L'ENTRÉE DE LA CALE SÈCHE DE SHUG NINX...

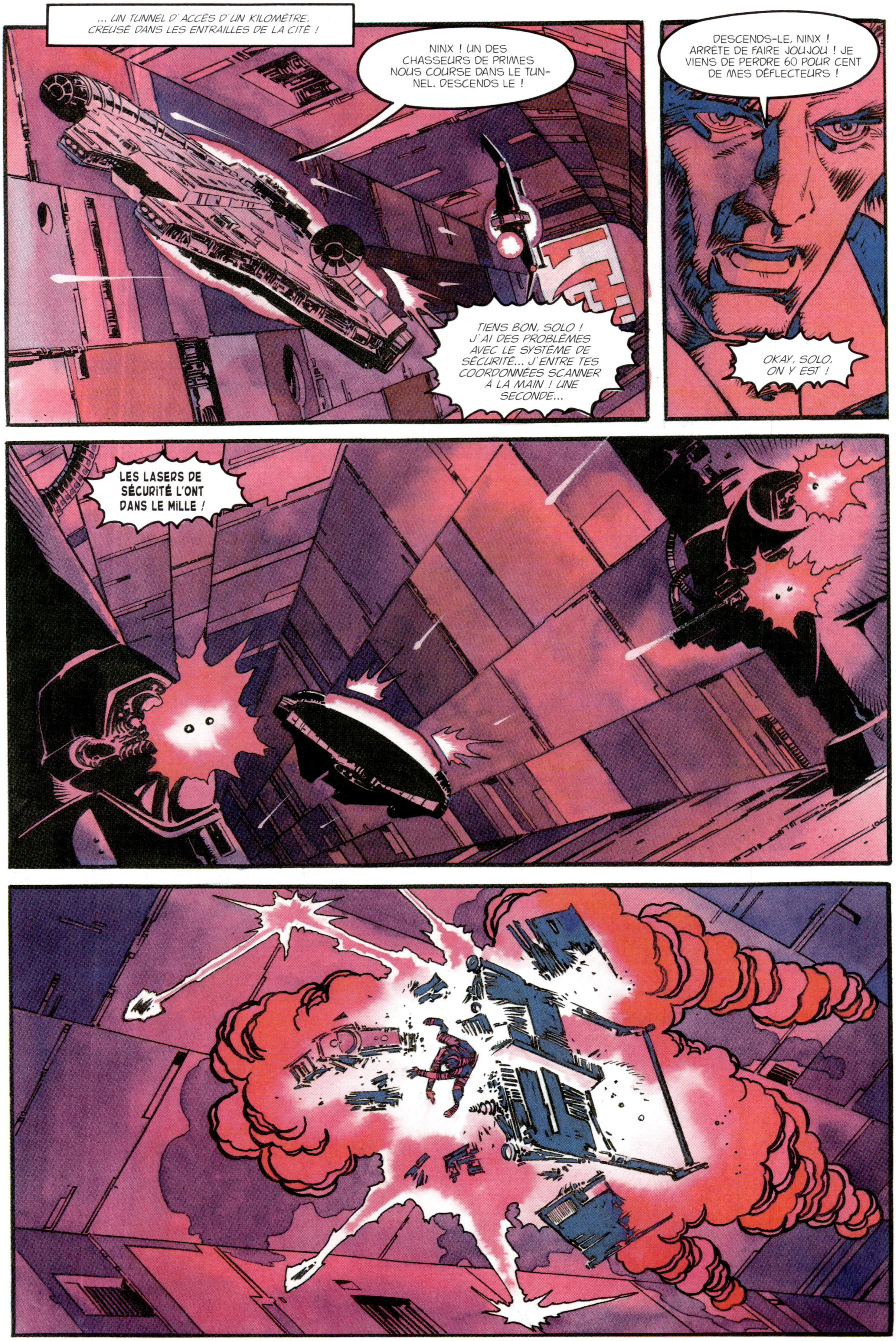
... UN TUNNEL D'ACCÈS D'UN KILOMÈTRE, CREUSÉ DANS LES ENTRAILLES DE LA CITÉ !
NINX ! UN DES CHASSEURS DE PRIMES NOUS COURSE DANS LE TUNNEL. DESCENDS LE !
TIENS BON, SOLO ! J'AI DES PROBLÈMES AVEC LE SYSTÈME DE SÉCURITÉ... J'ENTRE TES COORDONNÉES SCANNER À LA MAIN ! UNE SECONDE...
DESCENDS-LE, NINX ! ARRÊTE DE FAIRE JOUJOU ! JE VIENS DE PERDRE 60 POUR CENT DE MES DÉFLECTEURS !
OKAY, SOLO, ON Y EST !
LES LASERS DE SÉCURITÉ L'ONT DANS LE MILLE !

UNE FRACTION DE SECONDE PLUS TARD, LE FALCON ENTRE EN RUGISSANT DANS L'ATELIER DE NINX, UN IMMENSE CALE SÈCHE DE L'ESPACE JONCHÉ DE VAISSEAUX DÉMEMBRÉS ET DE PIÈCES DÉTACHÉES GRAISSEUSES, TÉMOINS DE TOUTE UNE VIE.
SOLO ! CHEWBACCA ! ÇA FAIT DES SIÈCLES QUE JE NE VOUS AI VUS !
J'AI ENTENDU DIRE QUE VOUS AVEZ TUÉ JABBA. EN GÉNÉRAL, CELUI QUI TUE UN HUTT NE S'EN TIRE PAS VIVANT !
OUAIS, ENFIN... C'EST MA FEMME QUI L'A TUÉ.
LEIA, VOICI SHUG NINX. CORELLIEN AU COEUR D'OR, D'ARGENT... ET D'ÉPICES !
LEIA. AINSI, C'EST VOUS QUI AVEZ PLOMBÉ CE VIEUX JABBA. ALORS VOUS ÊTES MOINS FACILE QUE VOUS N'EN AVEZ L'AIR.
EXCUSEZ-MOI... POURRAIS-JE UTILISER VOTRE BAIN D'HUILE ? PERSONNE N'A PENSÉ À ME LUBRIFIER RÉCEMMENT, TOUT LE MONDE EST TROP OCCUPÉ À SE BATTRE.
SÛR, C'EST PAR LÀ, CASQUE D'OR. FAIS COMME CHEZ TOI.
BON, JE SAIS PAS CE QUE TU FOUS LÀ, SOLO, MAIS JE VEUX QUE VOUS SACHIEZ QUE LE VIEUX NINX EST PLUS QU'HEUREUX DE VOUS DONNER UN COUP DE MAIN...

... MAIS IL FAUT DIRE QUE TOUT VA MAL EN CE MOMENT. LES IMPÉRIAUX ACHÈTENT DE L'ESPACE-FRET SUR TOUTES LES COQUILLES DE NOIX DE LA GALAXIE.
POUR TRANSPORTER DE L'ÉQUIPEMENT LOURD. DU MATÉRIEL MILITAIRE.
C'EST POUR CELA QUE SALLA CONSTRUIT LE VAISSEAU-MONSTRE QUE VOUS VOYEZ LÀ. LE *STARLIGHT INTRUDER*.
HAN SOLO... SACRÉ FOUTU FILS DE...
COMBIEN DE TEMPS ÇA FAIT QUE TU M'AS LAISSÉ TOMBER ?
EUH... SALUT, SALLA. ÇA FAIT UNE PAYE...
ECOUTEZ, NOUS AVONS SEULEMENT BESOIN D'UN VAISSEAU LÉGAL POUR PARVENIR AU COEUR DE LA GALAXIE. L'ALLIANCE LE PAIERA 100 000 CRÉDITS. CASH.
ÇA M'INTÉRESSE, SOLO. L'INTRUDER A UN LAISSER-PASSER DE TRANSPORT DE FRET LOURD... MAIS IL N'EST PAS PRÊT, FAUT ENCORE QUE JE BRICOLE SON HYPERPROPULSION.
A PROPOS, QUI EST CETTE POUPÉE ?
LEIA. HAN ET MOI SOMMES MARIÉS.
CONDOLÉANCES, CHÉRIE... HAN EST MARRANT... MAIS C'EST UNE FRIPOUILLE. IL VOUS BRISERA LE COEUR.
ELLE AIME LES FRIPOUILLES.
PAS TRÈS LONGTEMPS. PEUT-ÊTRE QUE NINX ME LAISSERA PRENDRE L'HYPERPROP' DE CE CHARIOT HUTT PUANT, LÀ-BAS...
BON, ALLEZ... COMBIEN DE TEMPS AVANT QUE LE STARLIGHT INTRUDER SOIT OPÉRATIONNEL ?
ON EST TRÈS PRESSÉ...
SÛR. C'QUE TU VEUX. MAIS IL NOUS FAUDRA UN DE CES JOLIS COUPLEURS D'ÉNERGIE QUE TU GARDES CHEZ TOI, SOLO.
ET VOYONS...
EST-CE QUE LE WOOKIE SAIT ENCORE MANIER UN HYDROSCANNER ?
VOUS PLAISANTEZ ?
HAN, DIS À CHEWIE D'AIDER CES GENS À RÉPARER LEUR VAISSEAU.
DÉPÊCHONS-NOUS. A CHAQUE SECONDE PERDUE, LUKE S'ENFONCE DANS LES TÉNÈBRES...

DEUX NIVEAUX PLUS BAS, AU MILIEU DES RUINES RONGÉES DU SPACEPORT LUNAIRE, HAN ET LEIA SE DIRIGENT VERS L'ANCIEN REPAIRE DE SOLO.
TU VIVAIS ICI ?
OUAIS... RIEN DE FOLICHON... UNE TAULE OÙ JE POUVAIS EMPILER MON MATOS ENTRE DEUX RAIDS...
ON DIRAIT QUE LA VILLE EST TOMBÉE BIEN BAS...
C'EST PAS AUSSI SYMPA QUE JE M'EN SOUVENAIS... MAIS TOUT CHANGE...
DES CHASSEURS DE PRIMES. PLANQUONS-NOUS UNE MINUTE.
TOI !
JEDI !
QU'EST-CE QU'ELLE DIT ?
JEDI ! JEDI ! VIMA SAIT ! VIMA PEUT VOIR LA FORCE !
HÉ !
ÇA IRA, HAN. LAISSE-MOI LUI PARLER.
OH, FILLE DE LA FORCE... PARDONNERAS-TU À VIMA SES CRIMES ?

QUI ES-TU ? RÉPONDS !
JE SENS LA FORCE EN TOI... RECOUVERTE SOUS UNE GRANDE OMBRE...
PENDANT DEUX CENTS ANS, MA FILLE, VIMA FUT JEDI...
VIMA A TRAHI LES SIENS... VIMA A TENTÉ D'OUBLIER...
A L'HEURE DE LA MORT... VIMA S'EST JETÉE PARMI LES ÂMES PERDUES... POUR ÉCHAPPER AU GRAND FLÉAU...
CHACUN ÉTAIT TRAQUÉ... ET TOUS ONT ÉTÉ TUÉS...
MAIS TOI ! TOI, TU VIS !
TU PORTES L'ÉTINCELLE QUI RAVIVERA LA FLAMME.
NE CHUTTA KA WONGA ?
NAN, J'AI PAS BESOIN D'UNE HYPERBOUSSOLE.
BARRE-TOI !
TU ES JEDI ! VIMA LE SAIT. VIMA LE SENT.
OÙ EST-IL ?...
OUI, IL EST LÀ...
JEDI... C'EST UNE GRANDE JEDI...
PRENDS. TU SAIS CE QUE C'EST. C'ÉTAIT CELUI DE VIMA. VIMA VEUT QUE TU L'AIES.
VIENS, LEIA... BOUGEONS DE LÀ. ON ATTIRE L'ATTENTION, C'EST PAS BON.
M-MERCI.

FIN DE L'ÉPISODE